RÉPONSE

DE

M. DE SAINT-ALLAIS

A M. DE FLASSAN,

A l'occasion de sa brochure intitulée : La famille des Grignols-
Talleyrand descend-elle des anciens Comtes de Périgord?

DEUXIÈME ÉDITION.

Paris.

Chez DELAUNAY, Libraire au Palais-Royal;

Et chez les Marchands de Nouveautés.

1836.

Imprimerie de A. GUYOT,
rue Neuve-des-Petits-Champs, n° 37.

RÉPONSE

DE M. DE SAINT-ALLAIS

A M. DE FLASSAN.

Une saine critique est la sauve-garde de l'histoire; elle fixe la confiance de l'avenir et sert de garantie aux contemporains; mais, lorsque celui qui prétend l'exercer descend au rôle de libelliste, de diffamateur et de menteur, il n'a plus aucun droit à la foi publique; il se jette dans la foule de ces écrivassiers polémiques qui veulent à toute force faire parler d'eux et occuper le public de leur nom et de leurs gestes, et souvent de leurs mensonges et de leurs impostures.

Dans l'annuaire de 1835, j'ai relevé une infinité d'erreurs de l'ouvrage intitulé *Souvenirs de madame la marquise de Créquy*, entre autres celles qui concernaient la maison de Talleyrand - Périgord.

M. Flassan vint à cette occasion me communiquer les doutes qu'il avait sur la véracité de cette généalogie, et je lui répondis :

« *Il n'y a pas un mot de moi, pas un seul mot,* « dans tout le travail que j'ai publié; je l'ai litté-

« ralement extrait de l'*Art de vérifier les dates,*
« des Bénédictins de la congrégation de Saint-
« Maur, édition in-folio de 1784, tome 2 (1).
« Vous ne pouvez nier que ce soient les patriar-
« ches de l'histoire, les auteurs auxquels la foi pu-
« blique est entièrement dévolue, ceux qui sont
« encore journellement consultés par nos meil-
« leurs écrivains, et qui ont travaillé sur les maté-
« riaux les plus authentiques et les plus avérés, et
« avec une science, une religion qui assurent à
« leurs œuvres un crédit mérité et universel.
« Ainsi, ce ne sera pas moi que vous attaquerez,
« mais bien l'œuvre des hommes les plus respec-
« tables, les plus studieux et les plus estimés. »

M. Flassan ne tint compte de cette déclaration,
parce qu'il a de l'inimitié personnelle contre M. de
Talleyrand, et qu'il veut à toute force se heurter
contre la raison, la bonne foi, et contre le colosse
historique des Bénédictins, pour arriver à attaquer
le personnage qui excite sa jalousie.

Lorsque je vis que c'était un parti pris chez le
sieur Flassan, et que la passion dominait toutes ses
pensées, tous ses mouvemens, je collationnai sur
l'édition in-folio de 1784 tout ce que j'avais publié
à cet égard, et je me trouvai entièrement conforme
aux Bénédictins. Non content encore d'avoir un
appui aussi religieux, aussi formidable, je repassai
tous les historiens de la province de Périgord, tels

_____

(1) Le public peut faire à toute heure cette vérification.

que le Prieur du Vigeois, la Grange-Chancel, le Chevalier de Cablanc, Leydet, Prunis, etc., l'Abbé de Lespine, Sous-Conservateur des manuscrits de la Bibliothèque du Roi, dans ses travaux sur cette maison, et partout je trouvai conformité avec l'œuvre des Bénédictins.

Malgré cette masse d'autorités, et d'autorités locales, je priai la maison de Périgord de vouloir bien me communiquer *ses originaux, ses actes publics et authentiques;* elle satisfit à ma demande, et ils me furent remis. Ces titres et actes originaux, qui justifient à l'évidence son origine et sa descendance avérée des Comtes souverains de Périgord, sont, en outre, tous *transcrits* et *copiés littéralement* sur un gros registre faisant partie du chartrier de cette famille, lequel porte l'attestation suivante :

« Je soussigné, Garde de la Bibliothèque du « Roi, certifie que la copie des titres de la maison « de Talleyrand, compris dans la table ci-dessus, « A ÉTÉ COLLATIONNÉE SUR LES ORIGINAUX gardés « dans les archives de M. le Prince de Chalais. « Délivré à la Bibliothèque du Roi, le 26 jan- « vier 1742. »

Signé SALLIER.

A quoi il faut ajouter les lettres-patentes dont la teneur suit, qui nomment des Commissaires pour procéder à la vérification des preuves de cette maison :

« Louis, par la grace de Dieu Roi de France et

« de Navarre, Chef et Souverain Grand-Maître des
« ordres de Saint-Michel et du Saint-Esprit, à notre
« cher et bien amé le Comte de Taillefer, et à notre
« cher et bien amé le Comte de Saint-Aulaire et de
« Fontenilles, salut : Notre cher et bien amé cousin
« Gabriel-Marie de Talleyrand-Périgord, Grand
« d'Espagne de la première classe, Maréchal de nos
« camps et armées, Gouverneur et Lieutenant-Gé-
« néral du Haut et Bas-Berry, nous a fait repré-
« senter qu'ayant été élu pour être associé à nos or-
« dres de Saint-Michel et du Saint-Esprit, au cha-
« pitre que nous avons tenu, le 2 février dernier,
« dans notre château de Versailles, il se serait
« borné alors aux preuves de rigueur, ordonnées
« par les statuts de notredit ordre dudit Saint-Es-
« prit, se réservant la faculté d'en faire dans la
« suite de plus étendues, pour donner mieux à con-
« naître l'ancienneté de sa maison ; que ces preuves
« ainsi bornées auraient été vérifiées par-devant
« notre très-cher et bien amé cousin le Duc de
« Noailles, Pair de France, et notre très-cher et
« bien amé le Marquis de Castries, Chevalier, Com-
« mandeur de nos ordres, en vertu de notre com-
« mission dudit jour de février de la présente an-
« née, et auraient été admises au chapitre du 7 juin
« suivant, jour de la Pentecôte, à la suite duquel il
« aurait prêté le serment de Chevalier et reçu le
« collier des ordres, et que depuis il se serait oc-
« cupé du dessein de faire un supplément à ses
« preuves ; mais que, les principaux titres dont il
« entend se servir étant en Périgord, d'où ils ne

« peuvent être déplacés sans risque, et où lesdits
« sieurs commissaires ne peuvent se transporter, il
« nous aurait très-humblement fait supplier de
« vouloir faire adresser notre commission à des per-
« sonnes de distinction à Périgueux, par-devant et
« en présence desquelles il pût représenter les ori-
« ginaux, et faire faire des copies ou extraits dû-
« ment collationnés des titres et renseignemens jus-
« tificatifs de sa noblesse et extraction : à ces causes,
« de l'avis des Princes de notre sang, des Cardi-
« naux, Prélats, Chevaliers et Officiers-Comman-
« deurs de nos ordres étant près de notre personne,
« nous vous avons commis, ordonné et député, et
« par ces présentes signées de notre main, et scel-
« lées du grand sceau desdits ordres, commettons,
« ordonnons et députons, pour vous faire repré-
« senter les originaux des contrats de mariage, par-
« tages, testamens, donations, transactions, foi et
« hommages, aveux, dénombremens et extraits de
« fondation des père, aïeul, bisaïeul et ancétres de
« notredit cousin le Comte de Périgord, d'en faire
« faire et transcrire, en vos présences, des copies
« ou extraits dûment collationnés, que vous certi-
« fierez véritables par l'apposition de vos signa-
« tures et cachet de vos armes. De ce faire nous
« donnons tous pouvoirs, commissions et mande-
« ment spécial ; lesquelles copies ou extraits vous
« adresserez à notre très-amé et féal Commandeur-
« Chancelier, Garde-des-Sceaux de nos ordres, et
« Surintendant des deniers d'iceux, le sieur Comte
« de Saint-Florentin, l'un des Ministres de notre

« État, pour en être ensuite dressé procès-verbal
« par le sieur Beaujon, Généalogiste de nosdits or-
« dres, qui en fera *rapport*, en la manière accou-
« tumée, à notredit cousin le Duc de Noailles et
« audit sieur Marquis de Castries, conformément
« à la commission que nous leur en avons déjà
« donnée, ledit jour 2 février dernier ; et après que
« lesdits procès-verbaux et preuves auront été admis
« et signés, ils seront rapportés devant nous par
« ledit sieur Comte de Saint-Florentin, au premier
« chapitre que nous tiendrons, et remis ensuite au
« Sieur Marquis de Marigny, Commandeur-Secré-
« taire de nos ordres, et par lui déposés dans les
« archives d'iceux. Donné à Fontainebleau, le
« quinzième jour d'octobre, l'an de grace 1767, et
« de notre règne le cinquante-troisième. » *Signé*
Louis. *Visa* Phelippeaux ; par le Roi, Chef et Sou-
verain-Grand-Maître des ordres de Saint-Michel et
du Saint-Esprit, *signé* Poisson ; et scellé du grand
sceau desdits ordres, en cire blanche.

Cette mission, que ces commissaires s'empres-
sèrent de remplir, eut pour résultat l'envoi, au
secrétariat des ordres du Roi, de *plusieurs pièces
importantes* ; et cette nouvelle production justifia
si complètement la descendance de Gabriel-Marie
de Talleyrand-Périgord, des anciens Comtes de
Périgord, que M. de Beaujon, Généalogiste des ordres du Roi, successeur de M. Clérambault et pré-
décesseur de M. Chérin, dans le rapport qu'il fit au
Roi à ce sujet, s'exprime ainsi :

« M. le Comte de Périgord ayant remonté sa

« preuve au dix-huitième degré (Hélie de Talley-
« rand, Comte de Périgord, son seizième aïeul),
« et prouvé sa descendance des anciens Comtes
« de Périgord, comme il s'y était engagé lors de
« l'admission des preuves de rigueur qu'on a rap-
« portées ci-devant, M. de Beaujon, Généalogiste
« des ordres du Roi, croit devoir ajouter que
« cette origine avait déjà été annoncée par divers
« auteurs de poids (Mézeray et Baluze); qu'Hélie
« Talleyrand, Comte de Périgord, rapporté au
« dix-huitième degré de ces preuves, était issu
« des anciens Comtes de la Marche, connus dès le
« dixième siècle, éteints dans l'ancienne maison de
« Montgomery-Lancastre; qu'Hélie Talleyrand,
« son petit-fils, aussi Comte de Périgord, et cousin
« paternel de Boson, surnommé aussi *Talleyrand,*
« *Seigneur de Grignols, auteur certain des Sei-*
« *gneurs de Grignols, Princes de Chalais,* etc.,
« dont les titres viennent d'être rapportés, conti-
« nua la branche des Comtes de Périgord, qui,
« après avoir formé des alliances avec les maisons
« de France (branche des Rois de Naples et de Si-
« cile), d'Armagnac, de Foix, de Vendôme *an-*
« *cien,* et autres, se sont éteints au commence-
« ment du quinzième siècle. » (Manuscrits de
M. Berthier, Généalogiste des ordres du Roi,
tome 2, page 413, et manuscrits de la Bibliothèque
du Roi, *fonds de l'Abbé de Lespine.*)

On ne peut rien de plus officiel et de plus authentique que la réunion de tous ces matériaux!...

Eh bien! malgré cela, M. Flassan veut argumenter, produire des conjectures, des assertions, et affecter à la maison de Périgord des actes qui sont victorieusement repoussés et détruits par tous les actes officiels, légaux, et suivis de degré en degré, qui justifient de la manière la plus solennelle l'authenticité de son origine, et qui ont tous été vérifiés par le Généalogiste des ordres du Roi, et par la commission de l'ordre du Saint-Esprit.

Il faut à M. Flassan du scandale et de la polémique, et, comme un nouvel Erostrate, le flambeau incendiaire à la main, il veut brûler, détruire, déconsidérer l'*Art de vérifier les dates*, ouvrage immortel des Bénédictins de la congrégation de Saint-Maur, la *Gallia christiana*, Mézeray, Baluze, et en outre toutes les œuvres, imprimées et manuscrites, des historiens les plus célèbres de la province; puis ensuite les originaux et les manuscrits certifiés par M. l'Abbé Sallier, Garde des manuscrits de la Bibliothèque du Roi, homme pur et respectable, dont le nom ne se prononce encore, dans cet asile inappréciable de notre science et de notre savoir, qu'avec la plus profonde vénération.

Avec un tel systême de dénigrement, il n'y a en France aucune famille qui puisse rester dans son assiette, si elle rencontre un Flassan qui prétende l'attaquer, et, malgré elle, elle sera forcée de descendre dans l'arène des discussions, et cela dans un siècle où les généalogies sont déjà loin de nous, et n'occupent aucunement, d'une manière grave, l'esprit du public, qui se livre à des matières plus sérieuses et plus utiles.

Quel était donc le but de Flassan, en menaçant de sa brochure, de ses opinions et de ses conjectures la maison de Talleyrand? C'était, à n'en pas douter, d'en obtenir de l'argent, et quand il s'est vû deçu de son espoir vénal, et qu'il a été convaincu qu'on était trop fort pour descendre a acheter son silence, il a cru qu'il tirerait parti de son œuvre, en la vendant au public, et qu'ainsi il assouvirait encore sa vengeance. Le public ne trouvera dans cette œuvre rien de plausible, rien de concluant contre cette maison, rien qui puisse détruire les actes originaux qui ont si solidement établi les preuves qu'elle a officiellement produites au cabinet des ordres du Roi.

Le but de Flassan est donc manqué, il a voulu arracher à cette famille *son origine, son nom* et *ses armes;* et, après cela, il ajoute :

« Qu'il accorde toute la considération qui est dûe
« à la famille Talleyrand, et, EN PARTICULIER,
« au MINISTRE DE CE NOM.

« Que les vertus du Cardinal de Talleyrand et
« les talents du PRINCE de TALLEYRAND, ont
« achevé de porter cette famille à un degré de ri-
« chesse et de CONSIDÉRATION, etc., etc. »

Le fourbe! il accorde au Prince de Talleyrand en PARTICULIER des *talents,* de la *considération,* et, au même instant, il prétend briser l'idole qu'il encense!......

Dans le travail que j'ai fait sur cette maison, j'ai conservé au contraire la dignité d'un écrivain qui sait se respecter, et on n'y trouvera pas un seul mot de flatterie émis par moi, à l'égard d'aucun personnage *vivant* de cette famille; j'ai cité leurs noms, leurs titres, leurs fonctions, et n'ai pas crû devoir m'expliquer en rien, sur leur mérite particulier; ces messieurs d'ailleurs ne l'auraient point approuvé.

La rage de M. Flassan contre la maison de Talleyrand-Périgord, a rejailli sur moi, et cela devait être, puisque j'étais en opposition avec le triste système qu'il avait émis. Mais, au lieu d'établir une discussion littéraire consciencieuse, honorable, scientifique, appropriée à la chose même, et d'intéresser ainsi tous les littérateurs, tous les amateurs, dans un débat dont il pouvait résulter quelques lumières et pour l'histoire et pour la science, il détruit tout l'effet de sa prétendue critique, en m'attaquant personnellement, d'une manière brutale, insolente et mensongère; il se fâche parce qu'il a tort, il veut faire le *Jupiter*, et le pauvre bon homme manque de force et de raison !....

Il m'attaque sur mon origine qui importe fort peu à la nation et aux lettres. Ma famille a pu tomber dans la gêne, dans le besoin de commercer, quoiqu'il lui fût possible de se rattacher à une souche plus élevée; je pourrais avoir cette prétention, et produire des titres plus anciens que M. Flassan ne pourrait le faire pour lui-même; mais je reste dans la position où il veut me placer, je l'accepte, et cette personnalité ne doit pas plus long-temps occuper le public : ce serait abuser de ses momens.

Il prétend que mon nom patronymique est *Ki-*

ton : oui, il est connu dans les lettres depuis plus de quarante années, et j'ai publié sous ce nom, bien imprimé en tous caractères, l'*Etat des Souverains de l'Europe*; l'*Histoire généalogique des maisons souveraines*, et les *Tableaux généalogiques des maisons d'Autriche*, de *Bavière*, de *Wurtemberg*, de *Bade*, etc.; la *France ministérielle*, *législative*, etc. Les journaux du temps l'ont cité avec éloge, et m'ont traité avec bienveillance. Ce nom se rencontre constamment et sans interruption, avec celui de Saint-Allais, dans toutes les Biographies, et l'annuaire que j'ai publié cette année les *porte tous deux*. Les Souverains de l'Europe et les hautes classes de la société m'ont donné, et sous l'un et sous l'autre nom, ou sous les deux réunis, des marques de leur estime et de leur bienveillance.

J'aurais méprisé ces dires du sieur Flassan, s'il n'y avait ajouté une tentative qui me paraît aussi extraordinaire dans sa conception qu'odieuse dans son exécution.

Un jour, dans une de ses visites, si longues et si ennuyeuses, il continua de déblatérer contre les familles les plus anciennes et les plus respectables du Royaume, en disant que la plupart d'entre elles n'étaient parvenues aux *honneurs de la Cour* qu'en produisant aux Généalogistes du Roi des titres faux, apocryphes et suspects, dont ces derniers n'avaient pas su se garantir, ou par ignorance ou par complaisance. La conversation s'étendit dès lors sur cette matière, comme objet de science et de diplomatique (connaissance des anciennes écritures);

ce qui arrive assez souvent dans le cabinet d'un
Généalogiste, où des clients ou des savans trai-
tent de cette matière, parce qu'il entre dans la
capacité exigée d'un homme de cette profession
qu'il sache se prémunir au premier aperçu de ces
sortes de falsifications ou suppositions d'actes. Cette
conversation, qui était si simple et si naturelle, et
tout-à-fait appropriée à l'art et à la science, et
dans laquelle les moyens de falsification employés
par les faussaires ont dû nécessairement être ex-
pliqués, cette conversation, dis-je, est entièrement
défigurée, dénaturée par le sieur Flassan, qui en a
formé un amphigouri inextricable, et dont il est
cependant forcé de sortir, en disant qu'IL DOIT
DÉCLARER QUE JE NE LUI DONNAI POINT A CON-
NAÎTRE QU'UN PAREIL MOYEN EUT ÉTÉ EMPLOYÉ PAR
MOI (je le crois bien), et QU'IL EST MÊME BIEN ÉLOI-
GNÉ DE LE PENSER.

Après une aussi solennelle déclaration en ma
faveur, qu'avait-il besoin donc d'inventer sa fable,
et de réciter un dire qui n'a ni sens ni vérité,
pour arriver ensuite à me rendre justice, et à pro-
clamer la finale qu'on vient de lire?

Ah! c'est qu'il avait le lâche projet de me diffamer; *il a voulu, et il n'a pas osé;* forcé a été à lui-
même de revenir sur ses pas, et de terminer par
sa déclaration.

Et comment Flassan ne dénaturerait-il pas, ne
falsifierait-il pas des dires, des conversations, lui
qui a l'audace et l'impudence de défigurer, de tron-
quer des lettres, des écrits?

Il cite une phrase d'une de mes lettres, concernant la généalogie de la maison de Talleyrand, et il se garde bien de fournir le paragraphe qui la précède, et qui porte :

« Votre CONJECTURE de *tierce foi* peut jeter
« une lueur, ou établir des doutes sur l'origine,
« mais ce n'est qu'une PRÉSOMPTION, UNE OPINION,
« et à cela on vous opposera : 1° les diverses gé-
« néalogies publiées jusques ici ; 2° les preuves de
« Cour dressées par M. Beaujon, Généalogiste des
« ordres du Roi ; 3° les lettres-patentes de nos
« Rois ; 4° l'arrêt du Parlement de Bordeaux, etc. »

Ceci était sage, rationnel de ma part ; ceci est l'expression d'un homme honnête, instruit et pénétré de sa chose ; et voilà ce que Flassan a célé, dissimulé et caché au public, en dénaturant, défigurant un écrit, une lettre !.....

Un tel sujet n'est-il pas à prendre par les épaules et à jeter hors des salons où il se présente? Oui, parce qu'il arrivera toujours qu'il dénaturera ce qui y aura été dit, et qu'il cherchera à empoisonner la chose la plus simple, la plus juste et la plus loyale : il y a plus, sa sombre jalousie le porte à tout censurer, à tout critiquer, et celui qui lui aura fait les honneurs de sa maison n'en retirera qu'amertume et chagrin.

Cet homme, que l'esprit de parti et de vengeance anime, ne voudrait pas qu'il y eût en France une maison plus ancienne que la sienne, et, pour se rendre maître du terrain, il veut citer à son tribunal des familles dont les ancêtres n'auraient pas voulu des siens pour domestiques, pour valets, et, dans la noirceur de sa pensée, dans l'amertume, le fiel de son ame, il veut à toute force vomir son venin, n'importe sur qui, n'importe comment et pourquoi. Voilà Flassan !

Maintenant nous allons examiner, approfondir la *généalogie personnelle* de cet insolent critique ; il est juste de l'éplucher lui-même, puisqu'il ne passe sa vie qu'à étudier les autres et à les censurer.

Ses ancêtres ont triomphé du proverbe : *Non licet omnibus adire Corinthum*; car non-seulement ils prétendent avoir été à Corinthe, mais encore en être sortis.

Cette ridicule prétention demeure dénuée de titres fondamentaux, d'actes authentiques. Le seul auteur qui se soit prêté complaisamment à imprimer *les fables* de la famille RAXIS de FLASSAN est Pithon-Curt, dans ses *Généalogies du Comtat-Venaissin*, tome 3, pages 26 et suivantes. Cet écrivain passe pour un des plus suspects en cette matière, et, outre les jugemens fâcheux qui ont constamment pesé sur lui, voici comment s'en explique la *Biographie universelle*, tome 34, page 530 :

« On lui reproche un grand nombre d'inexactitudes, et SURTOUT LE TORT DE N'AVOIR PAS DISTINGUÉ L'ORIGINE DE LA NOBLESSE DES FAMILLES DONT IL A FAIT MENTION. »

Cet écrivain débute donc ainsi :

« La famille de Raxis quitta Corinthe, sa patrie,

« pour se soustraire aux persécutions des Ministres
« de la Porte-Ottomane, et alla chercher un asile
« dans la Cour même des Souverains-Pontifes.
« C'est tout ce que j'ai pu apprendre par un ancien
« *mémoire*, et par la *tradition* de cette famille,
« sans époque fixe d'une telle transmigration. Mais
« ce qui me paraît mériter attention, c'est que le
« chef des armes de cette famille est le blason de
« l'Empire d'Orient, dont on a seulement changé
« les émaux. Elle le portait autrefois en écarte-
« lure. La couronne que les Raxis portaient en
« arrivant dans le Comtat-Venaissin, et qu'ils ont
« toujours portée depuis sur leur écu, est également
« remarquable : c'est une couronne royale à l'an-
« tique, c'est-à-dire ornée de pointes au lieu de
« fleurons ; à quoi il faut ajouter que leur écu est
« adossé d'un trident dont les pointes surpassent
« la couronne. Je laisse à de plus habiles à deviner
« ce que peuvent signifier toutes ces singularités. »

Il faut cependant remarquer ici, à l'avantage de
Pithon-Curt, qu'il n'a appris ce qu'il récite que
par un mémoire et *par la tradition de cette famille*.
Ainsi, les Raxis-Flassan ont dit à Pithon-Curt :
« Nous arrivons de Corinthe (et a beau mentir
qui vient de loin) ; nous sommes nobles, croyez-
nous-en sur parole, et mettez notre généalogie dans
votre ouvrage. » Et l'auteur y a consenti. C'est
donc sur leur propre *mémoire*, sur leur *dire*, sur
leur *tradition*, que ces nouveaux Grecs sont par-
venus à prendre rang dans un ouvrage consacré
aux nobles.

Le pauvre auteur que ces Raxis ont engagé à
parler d'eux en est lui-même si ébahi, si contristé,
qu'il s'écrie : *Je laisse à de plus habiles à* DEVINER
ce que peuvent signifier toutes ces SINGULARITÉS.
C'est une véritable mystification que Pithon-Curt
a voulu leur renvoyer.

Ces Raxis, selon ce qui est imprimé dans cet
auteur, sont nobles de par le Pape Paul III, qui le
dit dans un soit-disant bref de 1536. Mais où est
ce bref, que le confiant Pithon-Curt a inséré sur la
foi des Raxis? existe-t-il? peut-on en justifier?......
Car il est impossible de s'en rapporter à la seule
mention qu'en fait cet auteur. Je crois que le sieur
Flassan, pour couper court à toute justification,
prétend que ce titre est au *Vatican;* ce mot, qui
en impose par lui-même, ne suffit cependant pas,
car toutes les familles sur lesquelles le sieur Flassan voudrait exercer sa censure pourraien t lui ri-
poster que leurs titres sont aussi au *Vatican;* nécessairement, s'il veut qu'on ajoute foi aux citations
de Pithon-Curt, il faut qu'il produise ce bref.

Tout est *comédie, facétie,* dans ce que ces Raxis-
Flassan ont fait imprimer à ce pauvre auteur. Voici
ce qu'il dit, page 30 :

« Jacques de Raxis, reçu Chevalier de Malte en
« 1681, reçut plusieurs blessures au service du
« Roi, dans les campagnes d'Allemagne, sous Mon-
« sieur le Dauphin (1688, 1690, 1693). Ce Prince,
« qui avait de l'estime et des bontés pour le Che-
« valier de Flassan, ayant été témoin d'une action

« de valeur dont il sortit avec honneur, lui fit pré-
« sent des *pistolets* qu'il avait à l'arçon de sa selle.
« *Je les ai vus; mais je ne puis me rappeler à*
« *quelle occasion ce Prince les lui donna.* »

On a montré des *pistolets* à Pithon-Curt, et cela
lui a fait peur; on lui a dit qu'ils venaient du Dauphin, en récompense d'une belle action, il l'a cru,
et il n'a pas osé dire le contraire. Dans le trouble
de la vue des pistolets, l'écrivain, malheureuse-
ment, oublie ce dont il devait le plus se souvenir,
c'est-à-dire de faire le récit de cette belle action :
pas du tout, il a la bonhomie d'avouer qu'elle est
échappée à sa mémoire. Ceci prouve encore que
Pithon-Curt n'a établi son travail que sur le *dire
des Raxis,* et non sur aucune pièce probante; car,
si on lui avait fourni des pièces, des actes, il y aurait eu recours pour relater une action dont il était
si convenable de transmettre le souvenir; car, à
cette époque, lorsque l'héritier du trône faisait don
de ses pistolets d'arçon, ce devait être pour un fait
trop mémorable pour qu'il devînt impossible de le
citer.

Comment cette famille justifiera-t-elle de la
possession légale de ses armoiries? car elle a bien
suivi le proverbe, que *quand on prend du galon
on n'en saurait trop prendre;* mais encore convient-
il d'établir des faits qui corroborent cette possession. Elle a décoré son écu d'un chef *à l'aigle de
l'Empire;* certes on ne peut rien de plus beau, rien
de plus noble, et c'est précisément parce que cela
est si beau et si noble, que le motif doit en être

connu d'une manière évidente. Nous ne voyons, dans l'histoire du moyen âge, aucun Empereur d'Orient ou d'Occident, du nom de *Raxis*, aucun général qui ait sauvé l'Empire, et auquel cette concession ait été faite en récompense de ses services ; enfin rien qui puisse justifier un emblême aussi honorable, aussi distingué. Il faut en revenir à Pithon-Curt, et à son *étonnement de ces singularités.* Au fait, quand on arrive de Corinthe, on ne peut que prétendre à tout ce qu'il y a de plus bizarre et de plus singulier.

Ces Grecs Raxis étaient donc les plus grands, les plus ardens pirates héraldiques et généalogiques qu'on ait pu rencontrer, car ils ont pris pour ornement extérieur de leurs armes le TRIDENT. Je me suis tué à chercher la source de cet orgueilleux emblême, j'ai ouvert toutes les Mythologies pour m'assurer s'il y avait eu un Dieu RAXIS qui eût été pendant quelques siècles, ou pendant quelques heures seulement, maître de l'empire de la mer... rien !! J'ai consulté l'histoire des Egyptiens, Assyriens, Perses, Grecs et Romains... rien !! celle des nations modernes... rien !! Je me suis convaincu, au contraire, que les plus célèbres amiraux s'étaient contentés de *simples ancres,* pour emblême ou pour ornement extérieur de leur écu ; mais le TRIDENT, réservé seul aux RAXIS, est un secret qu'ils n'ont pas voulu communiquer à leur historien Pithon-Curt, qui, dans cette détresse, finit toujours par dire *qu'il laisse à de plus habiles à deviner ce que peuvent signifier toutes ces* SINGULARITÉS. A la vérité, ce TRIDENT

usurpé n'a jamais fait trembler le plus petit poisson de la mer, et aujourd'hui on en rira même
comme d'une mystification héraldique.

Et la couronne *Royale* à l'antique, comment la
justifieront-ils? N'est-il pas pitoyable que ces *mir-
midons nobiliaires* aient usurpé tous les insignes
les plus honorables de la souveraineté et de la noblesse, sans pouvoir en appuyer la possession légale
par le moindre titre authentique?

Flassan, à l'imitation de ses pères, se pousse et
se hausse autant qu'il peut ; et, dans son élan che-
valeresque, il s'est fait COMTE, et a pris ce titre
de son autorité et pleine puissance. S'il ne justifie
pas d'une érection ou d'un brevet spécial à cet
égard, on ne doit le considérer que comme un imposteur, un usurpateur. Le nom de *Flassan* ne
lui appartient même plus, puisque nous lisons dans
Pithon-Curt que cette terre n'est plus dans la famille depuis 1746; par conséquent, il ne doit plus
s'appeler que RAXIS, et non *de Flassan*, les anciennes ordonnances sont formelles à cet effet, et
c'est encore une autre usurpation de sa part.

Cet homme porte l'orgueil à un si haut degré,
qu'il fait résonner à chaque oreille que sa famille a fourni des Chevaliers à l'ordre de Malte ;
mais ce pauvre savant ne sait pas que, pour
l'ordre de Malte, il n'était besoin simplement que
de justifier *cent années de noblesse;* que, jusque
vers le milieu du dix-septième siècle, les plus gran-
des, les plus illustres maisons en faisaient partie,

ce qui donnait à cet ordre l'aspect le plus respectable. Mais, à l'époque précitée, les familles *anoblies* ou de *tiède noblesse,* voyant la considération que le peuple portait à cette décoration placée sur la poitrine des *vrais et bons gentilshommes,* s'avisèrent aussi de vouloir faire partie de cet ordre, persuadées que la même considération rejaillirait sur elles : alors elles s'y précipitèrent à l'envi; et c'est précisément l'époque où les Raxis y arrivèrent, c'est-à-dire en 1681 : l'on voit que c'est assez récent. Cette admission à Malte ne constituerait nullement la vérité de l'origine noble de ces Raxis, si le titre qui accorde le principe de noblesse ne pouvait se reproduire, c'est-à-dire le *bref de* 1536, attendu qu'en matière nobiliaire, si, par surprise ou par tout autre moyen quelconque, l'autorité a été trompée dans l'origine, la noblesse cesse même à l'égard des descendans.

Ainsi tout est ou douteux ou *imposture* dans l'existence noble des *Raxis-Flassan.*

Et voilà le sot individu, l'audacieux *menteur de race,* qui veut se rendre juge de la noblesse des autres et les appeler à son tribunal! voilà l'homme qui dédaigne les travaux des célèbres Bénédictins de la congrégration de Saint-Maur, ceux des historiens les plus accrédités de nos anciennes provinces; et qui va jusqu'à révoquer en doute les titres les plus sacramentels, les plus authentiques! Il ne veut que lui, rien que lui, pour autorité : ses mensonges, ses impostures sont des lois qu'il veut imposer à tout le monde, et ce qui fait loi chez les auteurs les plus savans, les plus respectables, les plus religieux, chez ceux qui sont, depuis des siècles, considérés comme les patriarches de l'histoire, n'est à ses yeux que fadaises ou erreurs.

Cet homme est *fou*, mais *fou méchant*, atrabilaire, et toujours porté à nuire ou à médire. Il fait là un triste métier!

Veut-il savoir ce que c'est qu'une généalogie imprimée sur un *mémoire* fourni par la famille, qu'il ouvre le projet du Nobiliaire de la Haute-Guienne, publié in-8° par M. Lavaissière, Prieur d'Escamps, au diocèse de Cahors, il y verra, pages 22 et 23, ce qui suit :

« On envoie aux auteurs, du fond des provinces,
« des *mémoires généalogiques* où chaque famille a
« consigné sa chimère ; ils livrent ces mémoires à
« l'imprimeur ; la presse gémit sur l'ouvrage de
« l'imposture, et le public voit avec scandale pa-
« raître un livre où le nom d'un homme anobli
« depuis trois ou quatre générations forme le ving-
« tième degré d'une superbe descendance. On crie
« au mensonge ; chacun a chez soi de quoi le consta-
« ter ; on ne doute pas que l'auteur du Nobiliaire
« n'ait vendu sa plume à l'orgueil du gentilhomme,
« et cependant quel avantage en revient-il à celui-ci ?

« Persuadé sur la foi de son *père*, *auteur du mé-
« moire généalogique*, que son dix-huitième aïeul
« fut un des Chevaliers que Philippe-Auguste con-
« duisit à la Terre-Sainte, il obtient un emploi
« militaire ; il affiche dans sa province les plus hautes

« prétentions; il doit incessamment être fait Colo-
« nel ou Sous-Lieutenant de gendarmerie; un riche
« financier brûle de l'avoir pour gendre, et n'attend,
« pour lui donner sa fille avec toute sa fortune,
« que le moment peu éloigné où il aura chassé avec
« le Roi. Il se présente en effet à M. Chérin, avec
« une foule de titres ramassés à grands frais par
« son père; mais ce Généalogiste, dont la sévère in-
« tégrité fait le souci de tous les aspirans aux hon-
« neurs de la Cour, apprend bientôt au nouveau
« candidat qu'il n'y a point de place pour lui dans
« les carrosses du Roi. La honte et l'humiliation le
« ramènent dans sa province; il vient, dit-il, cher-
« cher le *seul acte* qui lui manque : car il n'en
« manque jamais qu'un; cependant cet acte ne se
« trouvera pas; et il maudira, le reste de ses jours,
« la sotte vanité de son père qui l'a si désagréable-
« ment compromis. »

Et comme la généalogie des Raxis-Flassan, d'a-
près le propre aveu de l'auteur, n'a été imprimée
que sur un *mémoire* fourni par eux, j'ai donc raison
d'en révoquer en doute la véracité; et, dans ce cas,
je me trouve dans l'opinion commune, dans la règle
générale. D'ailleurs Flassan proclame lui-même,
à l'égard des *autres, que ce qui n'est appuyé d'aucune preuve n'est point avéré* : faisons-lui donc la
même application.

J'ai moi-même reconnu ce principe, et je n'ai jamais dissimulé que, sous le rapport de la publication
de généalogies, un auteur ne fût justiciable de la
critique, et depuis que j'en imprime, je n'ai cessé

de dire dans mes discours préliminaires ou dans mes préfaces, qu'en ce cas toute la responsabilité pesait sur les familles, et que l'auteur ne devait être considéré que comme *simple éditeur*. On trouvera cette opinion, qui est celle d'un homme de bonne foi, répétée à mon article, dans la *Biographie des Contemporains*, et si M. Flassan eût dirigé sa censure comme tout littérateur a droit de le faire, je ne m'en serais pas offensé. La *bassesse* de ses procédés a exigé la *vigueur* de ma réponse; et je vais donner une preuve irrécusable de la perfidie, de la fourbe et la mauvaise foi de Flassan.

Après lui avoir fait sentir combien la passion et l'animosité le rendaient ridicule dans ses attaques contre la maison de Talleyrand, j'ajoutai qu'on pourrait, sur sa propre famille, sur sa propre noblesse, lui faire des objections qui lui seraient sensibles et fort désagréables; en adversaire généreux, je lui envoyai même toute l'essence, toute l'analyse de cette *Réponse*.

Pendant un mois, Flassan gémit en silence sur cette douloureuse épître; après quoi voici venir madame de Flassan, accompagnée d'un sieur Bressan, sous-chef aux finances : ces ambassadeurs me dirent que le sujet de leur démarche était de me proposer *ou la guerre ou la paix*.

« Quant à la guerre, répondis-je, je ne la crains
« pas, et je vous l'ai témoigné en vous communi-
« quant généreusement, et en homme de bien,
« tous les moyens que j'avais de la soutenir, et de
« la soutenir vigoureusement;

« Quant à la paix, elle est facile, ne m'attaquez
« pas, et je resterai dans le silence.

« Je vous fais observer cependant qu'en atta-
« quant aussi ridiculement que M. Flassan veut le
« faire, la maison de Talleyrand, il sera tout na-
« turel qu'elle se défende, et qu'elle charge quel-
« que avocat, quelque littérateur, de cette mission;
« ces messieurs, pour remplir ce devoir avec hon-
« neur et intégrité, s'enquerront naturellement
« de la position de M. de Flassan. Ils peuvent, tout
« comme moi, mettre la main sur Pithon-Curt, et
« partir de là pour le flageller; alors vous pour-
« riez me soupçonner d'être dissimulé, de manquer
« de délicatesse, et de fournir des armes contre
« vous, avec qui la paix serait arrêtée : cette posi-
« tion me serait infiniment désagréable. »

Ces émissaires me tranquillisèrent de leur mieux
en cherchant à lever mes scrupules, et en me faisant l'honneur de croire à ma sincérité, à ma
bonne foi et à ma parole; ils ajoutèrent qu'ils
étaient d'autant plus fondés dans cette confiance,
que mon style serait toujours reconnaissable, et
qu'ils avaient l'entière conviction que je ne man-
querais pas à la foi jurée.

On décida que dans huitaine on viendrait prendre
ma réponse; le lendemain, j'écrivis au sieur Bressan que je n'avais pas besoin de huit jours pour
faire mes réflexions, et que j'agirais envers les autres ainsi qu'ils en agiraient envers moi; et voici la
lettre que le sieur Bressan m'écrivit, dans laquelle

il consacre positivement tout ce que je viens de dire :

MINISTÈRE DES FINANCES.

MONSIEUR,

Ayant communiqué à M. de Flassan et vos observations et la lettre que vous m'avez fait l'honneur de m'adresser le 27 du courant, il me charge de vous prévenir qu'il n'admet point la supposition que vous puissiez, dans la discussion présente, l'attaquer ou le faire attaquer sous le voile de l'anonyme, ni par des individus réellement existans et recevant de vous le mot d'ordre (1).

Les antécédens, vos lettres et les menaces déposées déjà dans votre écrit, sous le titre de *Première au Corinthien*, vous laissent trop reconnaissable pour qu'il soit possible de prendre le change à cet égard.

Ainsi, c'est à vous, Monsieur, et à vous seul qu'il sera répondu, et avec la réserve que vous mettrez dans votre langage. *Du reste, M. de Flassan vous* L'AFFIRME *de nouveau par mon organe, ne vous abordera ni sur votre nom, vos armes et votre profession, dans le cas où vous n'attaquerez point ni sa famille ni sa noblesse,* qui, d'ailleurs, ne peut que gagner à la publicité (2).

Je suis, Monsieur, avec les sentimens d'une parfaite considération, votre très-humble et très-obéissant serviteur,

Signé BRESSAN.

Ai-je, depuis cette époque, *prononcé, écrit* ou *im-*

---

(1) Malgré tout ils voulaient la paix, et, quelles que fussent mes observations, ils revenaient toujours à la foi qu'ils avaient à ma parole, et ils avaient raison.

(2) Il est bien dans l'erreur, M. Bressan; il se convaincra par la lecture de mon exposé que la noblesse de Flassan ne peut, au contraire, que perdre.

primé le nom de *Raxis-Flassan*? Si je l'ai fait, c'est à moi la honte du manque de foi, c'est à moi l'opprobre du mensonge et de la perfidie!... Si je ne l'ai pasfait, Flassa n et Bressan sont des imposteurs; ils manquent à la foi, ils manquent à l'honneur, ils ont tracé un guet-à-pens; ils ont voulu détourner l'arme qui était suspendue sur leur tête, et leur parole et leur écrit ne comptent pour rien, parce qu'ils ne sont en rien hommes d'honneur et de sens.

Timeo danaos et VERBA *ferentes.*

Aussitôt que j'ai eu connaissance de leur publication, j'ai écrit à Bressan la lettre suivante :

MONSIEUR,

La foi jurée dans votre lettre est trahie!... Cela ne m'étonne pas de la part du sieur Raxis, faux Comte de Flassan!... *Ma Première au Corinthien va paraître,* en réponse à ses odieuses calomnies!... Votre lettre sera imprimée, et je vous ne dissimule pas que je demanderai au ministre *votre renvoi;* j'ai eu foi dans un de ses sous-chefs, dans une lettre écrite sous le timbre de son ministère; et par la raison que les Ministres doivent mettre un certain prix à ce que les citoyens estiment assez les hommes qui sont revêtus du caractère de leurs employés, pour avoir confiance dans leur déclaration écrite, il sentira, ainsi que le public, que votre procédé est coupable!... et que vous avez manqué à l'honneur!.....

VITON DE SAINT-ALLAIS.

Je persiste à penser et à publier que M. le Ministre des finances ne peut que *chasser* Bressan de ses bureaux, parce qu'il est de la moralité pu-

blique, de l'honneur national, surtout dans des cir-
constances aussi graves que celles où nous nous
trouvons, que le Gouvernement éprouve une cer-
taine satisfaction en voyant les citoyens être con-
fians dans ses employés et ajouter foi à leurs dé-
clarations, surtout quand elles sont libellées, écrites
sur des têtes à lettres d'un ministère. Ici Bressan
a tout compromis, sa propre foi et celle de Flassan,
dont il se dit l'organe ; mais, s'il a été la dupe, la
victime de la perfidie et de la turpitude de Flassan,
qu'il le déclare hautement, je serai le premier à lui
pardonner et à supplier publiquement M. le Ministre des finances à faire de même ; mais il ne
faut aucun détour, aucun biais, car il ne peut pas
dire qu'il n'a été qu'un instrument passif, puisque
c'était pour donner du poids à la démarche de madame de Flassan qu'il a accompagnée, et il cor-
robore par sa lettre tout ce qui a été arrêté dans
cette séance : donc il a joué un rôle tout-à-fait actif
et décisif ; il ne lui reste pour s'excuser que de déclarer que Flassan est un homme de mauvaise foi
qui l'a trompé, tout comme il m'a trompé moi-
même, et Flassan sera jugé !. . Mais celui-ci, pour
tranquilliser Bressan, lui a dit qu'il avait assez de
crédit au ministère pour le garantir de tout fâcheux évènement. Flassan du crédit au ministère !...
mais à quel titre ?... C'est encore une fanfaronade
de sa part, un mensonge ; et je suis convaincu qu'il
ne peut y exercer aucune influence.

J'ai donc été forcé d'occuper le public, malgré
ma répugnance pour ces sortes de basses et en-

nuyeuses polémiques ; j'ai *été attaqué*, il m'a fallu répondre : voilà mon excuse légitime. Le plus honnête homme du monde ne peut éviter de rencontrer un chien enragé sur sa route.

Depuis quarante années, j'ai fait tous mes efforts pour réunir le plus de matériaux sur l'histoire des familles, et la plus grande quantité de titres, actes originaux, diplômes et chartes de nosRois, ce que je vais prouver par l'énumération suivante :

1° Tous les manuscrits des Bénédictins de la congrégation de Saint-Maur, si connus par leur *Art de vérifier les dates*, dont j'ai donné une nouvelle édition en 1818 ;

2° Les manuscrits et le cabinet de M. Favre, Avocat au Parlement, contenant les titres originaux, les chartes, diplômes, etc., tous actes provenant de l'ancienne Cour des Aides : il avait passé quarante ans de sa vie, lui et quatre collaborateurs, à classer cette précieuse collection ;

3° Le *cabinet de l'auteur* du *Dictionnaire de la Noblesse*, 15 vol. in-4°, contenant tous les manuscrits qui avaient servi à ses travaux ; dictionnaire publié en 1770 et années suivantes ;

4° Une partie du cabinet et des manuscrits de l'infortuné Comte de Waroquier, qui avait publié divers ouvrages sur la noblesse, et pour lesquels il est mort victime d'un jugement révolutionnaire.

Tous ces objets ont formé le cabinet que j'ai vendu, en 1820, à M. de Courcelles.

Et, depuis cette époque, j'ai formé une nouvelle collection, qui se compose :

1° Des Archives généalogiques et heraldiques de l'ordre de Malte, qui ont été administrées pendant près de cent ans par MM. Delacroix, père et fils : elles fourmillent d'actes originaux, contrats de mariages, testamens, diplômes, commissions de nos Rois, preuves légales et authentiques, irrécusables et innombrables ;

2° Des Archives du tribunal des Maréchaux de France, dit Table de marbre, d'où ressortissaient toutes les affaires de la noblesse sur le point d'honneur ;

3° Des Archives de M. Chevillard, Historiographe de France et Généalogiste ordinaire du Roi; travaux immenses, qui forment plus d'un tombereau de manuscrits sur toutes les familles du Royaume ;

4° Le cabinet de M. de Saint-Pont, un des hommes les plus érudits dans la diplomatique (art de connaître les anciennes écritures);

5° Le cabinet de M. Claude Lisle, qui a publié des ouvrages généalogiques sur les maisons souveraines de l'Europe, et une partie de celui de Dulaure ;

6° Des manuscrits précieux sur l'histoire générale, ou sur l'histoire des provinces.

J'ajouterai qu'aujourd'hui encore les antiquaires, les libraires, les bouquinistes, les gens qui fréquentent les ventes, m'apportent continuellement tous les actes, titres ou documens qu'ils rencontrent sur l'ancienne noblesse; de sorte que ma collection, déjà si abondante, ne fait que s'augmenter.

Elle devient une ressource inappréciable pour les familles, non-seulement à l'égard de leurs généalogies, mais encore pour leurs successions et transactions ; et ce sera toujours le *dépôt public* auquel il faudra avoir recours pour cette matière. Ce dépôt se divise en quatre sections :

1° Celle des titres et actes originaux et authentiques, qui sont en nombre considérable ;

2° Celle des documens généalogiques, ou minutes non signées, mais dont l'écriture est celle de généalogistes bien connus, tels que Chevillard, Delacroix, Claude Lisle, Saint-Pont, etc. ;

3° Celle des notices, renseignemens ou autres minutes dont l'écriture n'est pas connue, et qui ne passent que pour *renseignemens.*

4° Celle des matériaux sur l'histoire générale ou sur l'histoire des provinces, etc.

Parlerai-je de ma Bibliothèque, qui, après les bibliothèques du Gouvernement, est celle de France la plus complète en ce genre?

Je puis encore ajouter ici qu'il est sorti de ma Collection les actes et les manuscrits les plus importans, dont j'ai cru devoir faire hommage au Gouvernement ; j'ai les lettres de MM. les premiers Gentilshommes de la chambre de LL. MM. Louis XVIII et Charles X, qui l'attestent, et qui m'en font des remercimens au nom de ces Souverains ; les journaux du temps en ont d'ailleurs fait mention.

J'ai cédé aussi, et à différentes fois, des manus-

crits à la Bibliothèque royale, qui ne fait jamais de
ces sortes d'acquisitions que lorsque MM. les Con-
servateurs les ont jugées dans l'intérêt de la science
et de l'histoire.

Il demeure maintenant bien avéré que Flassan,
dans son horrible vengeance, a médité de nuire
à mon établissement; mais tous ses efforts seront
vains : les richesses qui en forment la base sont innombrables, inépuisables; tous les savans les ont
vues, estimées, admirées; les familles seront toujours obligées d'y avoir recours, parce que c'est là
leur seule et véritable ressource. Les titres qui leur
sont cédés ont chacun leur catégorie, et, s'ils sont
classés dans les *originaux*, c'est qu'ils sont authentiques, légaux, officiels; je mets au défi qu'on
en produise un seul qui n'ait pas le caractère de
l'authenticité la plus complète; si ce sont des *mi-*
nutes de *généalogies* anciennes, je certifie toujours
l'*écriture* de l'auteur, et si cette écriture ne m'est
pas connue, jamais je ne lui donne un caractère
autre que celui d'un *simple renseignement*. Or, il ne
peut y avoir aucun doute, aucune supercherie sur
le moindre objet qui sort de ma Collection, chaque
catégorie étant marquée du caractère qui lui est
propre; je répète le défi de me prouver le contraire; et généralement encore, je fais estampiller
les pièces de chaque fonds.

J'allais quitter la plume, lorsque je m'aperçus
que Flassan avait flétri la mémoire d'un savant
qui est au nombre de ceux qui ont fait la gloire et
l'honneur de la France; les mânes de *Baluze* me

3

sont apparues, et il m'a semblé entendre ceci :
« Eh! grand Dieu, la calomnie me poursuivra
« donc au-delà du tombeau, sans que personne
« songe à me venger! »

Je parcourus de nouveau la brochure de Flassan,
et je lus ce passage, pages 19 et 20 :

« L'auteur de ce système de descendance, où
« tout est idéal, est Baluze, auteur d'une *Histoire*
« *généalogique de la maison d'Auvergne* et pen-
« sionnaire du Cardinal de Bouillon, lequel lui
« avait donné, pour instruction spéciale, d'exalter
« en tout point la grandeur de la maison de Tu-
« renne. C'est d'après cette direction commandée,
« que Baluze, cherchant à relever le mariage d'une
« *des sept filles* du Comte de Turenne d'Oliergues,
« avec Jean, Seigneur de Grignaux (Grignols), a
« imaginé de rattacher la famille de celui-ci aux
« anciens Comtes de Périgord; ce qu'il exprime en
« ces termes : Il semble *qu'on peut faire remonter*
« *la famille de Talleyrand à Bozon III.*

« Ce langage est bien celui d'un écrivain qui
« n'avait aucune idée de la science généalogique.
« Etablit-on un fait aussi grave de la science gé-
« néalogique sur un *semblant, une possibilité?*
« L'écrit de Baluze, après avoir été frappé par un
« premier arrêt de la Chambre de l'arsenal, en
« 1704, fut de nouveau condamné, par un arrêt du
« Conseil du 1er. juillet 1710 (le Roi séant), à la
« suppression et au pilon, pour avoir énoncé, dit
« l'arrêt, *différentes propositions sans aucune*

« *preuve suffisante, pour autoriser certains faits*
« *avancés contre toute vérité.* »

Ecoutons Baluze, dans le récit de sa vie, imprimé
dans la *Bibliothèque de la France*, du P. Lelong,
revue par M. de Fontette, 5 vol. in-f°, tome 3, à
la fin de la page 7.

« J'avais éprouvé jusqu'alors une fortune assez
« favorable ; elle me devint contraire à la quatre-
« vingtième année de mon âge. Voici en peu de
« mots le sujet de ma disgrace. L'Éminentissime
« Cardinal de Bouillon (Emmanuel-Théodose), qui
« m'honorait depuis long-temps de son amitié,
« me demanda avec beaucoup d'instance que j'é-
« crivisse l'histoire généalogique de la maison
« d'Auvergne, dont la maison de La Tour fait
« une branche. Je m'appliquai à ce travail, avec
« tout le soin et l'exactitude possibles, pendant
« plusieurs années, et j'eus surtout à cœur de n'y
« rien insérer que de vrai et de bien prouvé. L'ou-
« vrage étant achevé, je le fis imprimer en 1708,
« et le rendis au public l'année suivante. La pu-
« blication de cet ouvrage ne souffrit aucune con-
« tradiction jusqu'en 1710, que le Cardinal de
« Bouillon sortit du Royaume, après y avoir souf-
« fert un exil de dix ans. Sa fuite aigrit Sa Ma-
« jesté contre lui, et l'on m'accusa auprès d'elle, à
« cause de l'amitié qui était entre cet illustre mal-
« heureux et moi.

« On dit donc au Roi que j'avais inséré, dans
« l'histoire généalogique de la maison d'Auvergne,
« des pièces qui avaient été jugées fausses dans un

« procès qui n'avait aucun rapport à la matière
« que je traitais, et dont je ne m'étais pu servir,
« ne les ayant jamais vues. Ce récit *sans fonde-*
« *ment* irrita Sa Majesté contre moi, faible roseau
« agité du vent, et je sentis tout le poids de sa
« colère. Mon ouvrage fut condamné et flétri par
« un arrêt de Nosseigneurs du Parlement, énoncé
« en termes très-injurieux pour la maison de
« Bouillon et pour moi. Je fus peu après envoyé
« en exil, et dépouillé de presque tous mes biens
« et de tous mes emplois, sans que personne osât
« entreprendre la défense de *mon innocence,* ou
« que je pusse me défendre moi-même. Je partis
« donc de Paris pour Rouen, et de Rouen je me
« rendis à Blois, pour obéir aux ordres du Roi. »

« De Blois, dit l'annotateur, M. Baluze alla à
« Tours, puis à Orléans, où il demeura jusqu'à la fin
« de l'année 1713, que Sa Majesté, *ayant reconnu*
« *son innocence,* lui rendit *ses bonnes graces,* et lui
« permit de revenir à Paris, où il fut reçu avec une
« joie indicible de ses amis, au milieu des applau-
« dissemens et des acclamations des gens de let-
« tres et de plusieurs personnes de distinction. Il
« n'y fut pas plutôt arrivé qu'il songea à profiter
« de sa chère bibliothèque, dont il avait été privé
« pendant plusieurs années, et reprit ses études,
« qu'il n'avait pas entièrement abandonnées pen-
« dant son exil, comme il paraît par les tomes VI
« et VII de ses Mélanges, dont le premier fut pu-
« blié pendant son séjour à Tours. On trouve dans
« l'un et dans l'autre des morceaux précieux, qui

« sont comme les dépouilles littéraires qu'il avait
« remportées des bibliothèques qu'il avait eu oc-
« casion de visiter dans son exil.

« Les *savans,* continue l'annotateur, regrette-
« ront *à jamais ce grand homme,* dont on peut
« dire à plus juste titre que T. Ann. Milon ne le
« disait de lui-même (comme le rapporte Cicéron),
« que la gloire de son nom est déjà répandue dans
« toute la terre, et qu'elle passera jusqu'à la pos-
« térité la plus reculée. »

Baluze avait amassé une bibliothèque composée
de 10,799 volumes imprimés, dont plusieurs ont
été corrigés et collationnés sur les manuscrits, et
d'autres se trouvent enrichis de notes critiques et
observations insérées aux marges, soit par M. Baluze, soit par d'autres savans. Il a laissé plus de
957 manuscrits et près de 500 actes ou diplômes,
dont plusieurs sont originaux ; enfin sept armoires
remplies de différens manuscrits modernes, dont
la plupart sont des ouvrages de Baluze. Tous ces manuscrits ont été achetés, par sa Majesté, pour enri-
chir sa bibliothèque, la plus belle de l'Europe.

Flassan ne craint donc pas plus de diffamer les
morts que les vivans ; s'il eût été un critique intègre
et instruit, n'eût-il pas mis son honneur à rendre à
la mémoire de Baluze la justice qu'elle mérite ?

Il agit avec la même mauvaise foi à l'égard de
M. l'Abbé de Lespine, Sous-Conservateur de la
Bibliothèque du Roi, Professeur de l'Ecole Royale
des Chartes, l'homme de ce siècle qui a réuni le

plus de matériaux sur les provinces de Périgord, Limosin, Auvergne et Guienne, et qui est décédé, il y a quelques années, avec la réputation d'un savant laborieux, qui a secouru de ses travaux toutes les familles de ces diverses provinces ; elles ne prononcent encore son nom qu'avec le plus grand respect et la plus vive reconnaissance : eh bien ! Flassan ne craint pas de le traiter avec dédain, et de l'accuser d'avoir créé des systêmes sur les généalogies qu'il a composées.

La rage de Flassan contre tous les écrivains qui ont parlé dans un autre sens que le sien, se manifeste à chaque instant, et sur-le-champ il leur lance et son dard et son fiel.

Le lâche calomnie, dénonce, accuse, et NE SIGNE PAS !...

Quant à moi, je signe sans hésiter, et fais encore ici toute réserve de droit, pour poursuivre *Flassan* devant les tribunaux comme imposteur et calomniateur !...

Paris, 13 avril 1836.

DE SAINT-ALLAIS,

Rue Neuve-des-Petits-Champs, n° 31.

www.ingramcontent.com/pod-product-compliance
Lightning Source LLC
Chambersburg PA
CBHW060855180626
46818CB00004B/1711